真假仙

詩王浪溜嗹

（有聲繪本 / 附QR code條碼）

文 / 王羅蜜多

圖 / 九方

朗讀 / 王羅蜜多　嘉德

目錄

02 —— 緣

04 —— 有古（附 QR code）

10 —— 詩魚（附 QR code）

20 —— 客爸仔（附 QR code）

31 —— 你 kā 看覓

緣

　　欲談這件小繪本的產生,就愛先講著「緣」。

　　圖畫的製作人九方,是文藻大學畢業生,兼業翻譯,毋過對寫作佮畫圖攏足興趣。

　　較特別的是,伊佇大學時期台語猶閣袂輾轉,不過因為這幾冬來積極講台語,而且四常讀台語小說,毋但普通話語,連一寡活跳特殊的台語文也看有矣!

　　我這冬來寫的詩王浪溜嗹,那寫那停,伊定定是頭一个讀過,而且感覺誠詼諧、荒誕閣

趣味。也因為按呢，伊佮我決定欲出版這本冊的時陣，就主動講欲選幾篇仔來製作繪本，成做小說的附本。

窮實九方畫圖手路的特色是溫純、雅氣、幼秀，這馬欲來畫這个足 gâu 變鬼變怪，個性海花的人物，敢袂感覺扴 kô？

無疑悟佇我意料之外，伊製作的繪本，人物外形、表情、動作攏無礙，而且因為參濫無全款的手路，顛倒畫出特殊的作品。

總講一句，會得完成這件繪本小冊誠實有緣，也足向望會當來加添讀者的理解佮趣味。

（2024/6 王羅蜜多）

冇古

　　浪溜嗹予人看無現,走去山洞修練。七七四十九工,頭殼神神,身軀層層銑(sian)。

伊坐盤的雙跤蚯蚓（khiû-khiû），攤開雙手擗擗叫，終於浮上半空中，親像海蛇仔，出入雲霧。

　　一群人字的雁鳥飛過來，海蛇仔迎風舞弄，仙樂飄浪，吟唱：浪溜嗹，快樂像神仙。浪溜嗹，飛上天頂做神仙。

規群雁鳥聽甲神神毋知通飛，煞人字倒頭栽，全部落落山洞口。

浪溜嗹誠輕 lián，一隻一隻抾起來烘鳥仔巴。攏無甩（lut）毛。

詩魚

浪溜嗹雄雄想著,家己上適合做詩人,浪游詩人。

按呢伊就飼一尾詩魚佇溪中,逐工儉腸凹(neh)肚,好料的攏留予詩魚食。

詩魚一暝大一寸,浪溜嗹為魚的三頓,從甲虛累累,歪腰兼跛跤。

無疑悟有一工日頭欲落山矣,浪溜嗹猶袂來,詩魚煞急甲跳上溪岸頂。這時陣,一隻獅經過,開喙就共魚頭咬去。

閣來一隻馬踏過,魚尾煞牢佇跤蹄。

浪溜嗹轉來的時，詩魚賭中籤。詩魂已經飛起去佇雲頂蹛。

從此以後，浪溜嗹的詩文，定著是頭前弄獅迸迸叫，後尾馬蹄答答行。只有中籤，中籤逐時予人擲落鼎。

浪溜嗹，浪游詩人，窮實袂洇水。終其尾佇溪中撐渡家己，若看著詩魂佇天頂踅，就大聲野喉，喝咻兼唸詩。

伊唸詩像唸咒，唸甲溪底魚蝦走甲無半隻。

客爸仔

　　四常睏外面的浪溜嗹,自稱透早欶甘露,暗時啉月光,靈氣滿身,會當了解一寡虫豸的話語。

　　早起拄好一群愛護生態人士,來公園四界踏查。in 相金龜、揣樹蟬仔、翕草猴、逐尾蝶仔⋯紀錄做袂離。

「虫豸誠古錐,毋過性命誠短,而且一下無細膩,就予鳥仔捅去。咱疼惜大自然,必須要愛護 in。」tshuā 隊的老師講。

「欲按怎愛護?」

「就是莫捕掠,莫干擾。」

「按呢傷消極啦,我講一件予恁參考。」浪溜嗹坐佇樹仔跤出聲。

　逐家誠好奇就停跤暫且聽伊講。

「有一工啊,我啉足濟燒酒來歇公園,毋過恐驚蠓仔欶著我的血會酒精中毒,刁工去彼間洗甲足清氣,貼特優標誌的便所睏,內底無半隻蠓。按呢有疼惜虫豸無?」

誠是有疼心,比修道人較慈悲,聽眾開始感動矣。

「想袂到半暝有一隻蠓飛入來,嗡嗡叫。」

「我睏甲當落眠喙開開,毋過彷彿有聽著蠓仔小姐講:我愛你!聲音輕輕歹勢歹勢。」

「啊,我聽一下喙愈大開。紲落,伊雄雄抑倚來,用鬥射針的喙脣對準我的喙脣唚落去。」

「俺娘喂!」浪溜嗹挲一下喙脣,「斟酌聽,毋是我咧哀,是蠔仔小姐。窮實伊相無準,唚著喙齒。」

天啊,幾若个查某囡仔聽甲哀出聲。

「可憐代,伊的射針斷一節去。這聲無法度食物件,會飫死啦。」

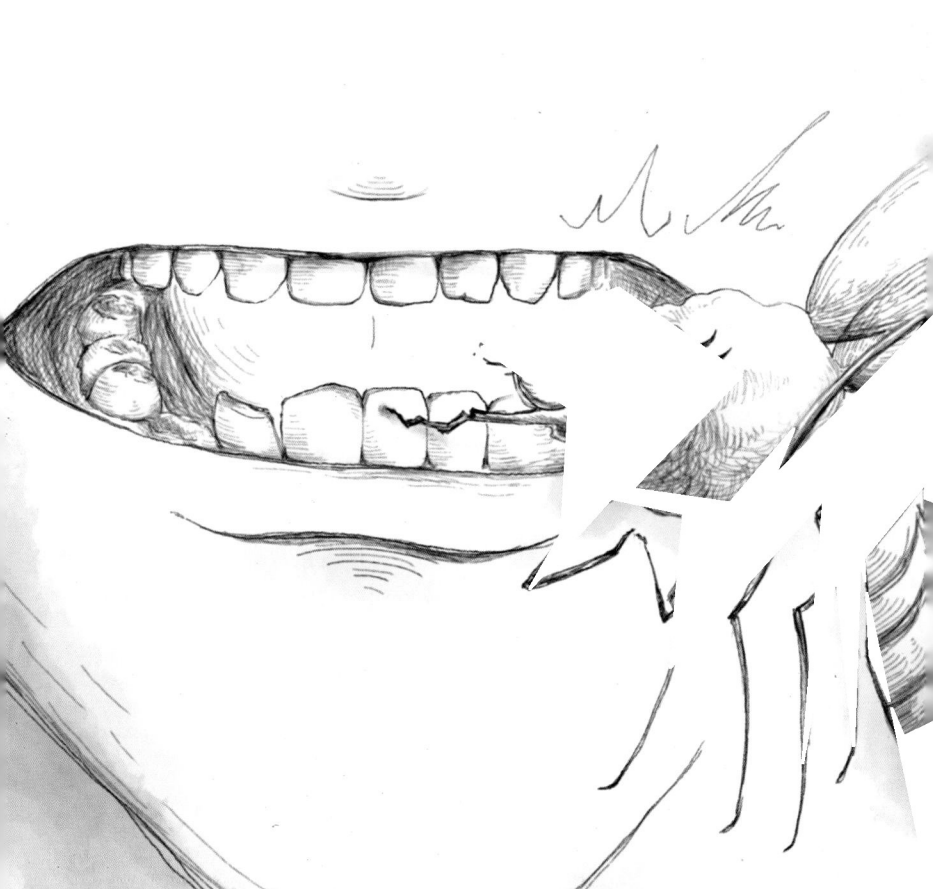

「伊佇我面前唱哀歌,有日語有華語,也有台語歌。其中台語的上哀悲。」

「我聽甲目屎輾落來,人也精神。我共講,蠓仔小姐,算是我害妳的,按呢啦,我按算收留妳,負責包飼妳。」

「隔轉工開始,蠓仔小姐見若喝飫,我就用針佇手肚刺一下,流血珠一滴,蠓仔小姐拄食一頓。」

「按呢食無幾頓,伊就講有身,欲去生囝矣,我的責任也完成矣。」

「想袂到過十外工了後,蠓仔小姐一睏仔tshuā兩百个囡仔來揣我,做伙叫阿爸,聲音整齊像霆雷。我感動甲哭出來。」

「*毋*是阿爸，是客爸仔。我算是養爸。」浪溜嗹拭目屎繼續講：「我共兩百个養子講人間的道理，愛合和才會生存傳湠，無貪嗔痴才會歡喜。in 聽煞就攏襁翅飛出去，隨个仔去追求伊的人生矣。」

眾人聽甲楞楞，有人流目屎，有人合掌直直拜：「大慈大悲觀世音菩薩。」

你 kā 看覓

天頂鳥隻自由飛

花間尾蝶仔 iap-iap 爍

樹椏膨鼠歡喜爬

流浪狗佇公園走相逐

攏是快樂的浪溜嗹